KB260507

그랑 블루

김현옥 시집

문학세계사

□ 시인의 말

　시와 함께 놀며, 여행을 하며, 세월 가는 줄 몰랐다. 문득, 또 봄이다. 저 봄꽃들처럼 시의 꽃도 피어나 그 향기 세상과 함께 나눌 수 있기를!

　내 삶에 일어났던 그 모든 것들을 더하고 빼고 곱하고 나누면 인생의 마지막에 내게 남는 게 뭘까? 나는 그것이 모든 것에 대한 감사와 사랑과 웃음과 시이기를 간절히 소망한다.

　세상의 모든 어머니들께 이 시집을 바친다.

2013년 빛나는 봄

김 현 옥

□ 차 례

1

음악 11

그는 시의 요리사 12

작시법作詩法 14

무정부주의자 15

어머니 16

초파일 17

꽃보다 18

엄마 젖 19

산은 산, 물은 물! 20

쌀을 씻으면서 21

거리의 삽화 4 22

(당신!) 24

때가 되면 25

꽃! 26

꽃 27

꽃이 말했다, 28

말 29

2

짬뽕천국 ______ 33

타락천사 ______ 34

황금 새장 ______ 36

도시의 무인도 ______ 38

블랙홀 ______ 40

뻔뻔한 ______ 42

동상이몽 ______ 43

교육이라는 이름의 ______ 44

욕망의 공 ______ 46

참 이상한 시대 ______ 47

죽은 시인의 사회 ______ 48

난해의 진화 ______ 50

늙고 지루한 세월 ______ 51

공원 산책 ______ 52

뼈어엉! ______ 54

세상에서 가장 쓸쓸한 줄 ______ 56

철없는 개나리 ______ 57

3

아웃사이더 _______ 61

목이 마르다 _______ 62

그것 참! _______ 64

에트나 _______ 65

그랑 블루 _______ 66

나무 _______ 68

쉰 _______ 70

육보시 _______ 72

모놀로그 1 _______ 74

모놀로그 2 _______ 76

혼자 밥 먹으며 _______ 78

무위와의 동거 _______ 79

그래도 흰구름은 _______ 80

바람의 전설 _______ 81

뭉게구름편지 _______ 82

명상 입문 _______ 83

불후의 명곡 _______ 84

4

웃음피리 _______ 89

바보의 궁금증 _______ 90

바보의 상책 _______ 91

바보의 메시지 _______ 92

바보의 태평농법 _______ 93

바보의 버스여행 _______ 94

유기농 채식 _______ 96

귀를 빌려주다 _______ 98

그냥, _______ 99

허공 _______ 100

사소한 _______ 102

허공 한 접시 _______ 103

허공 속으로 _______ 104

느릿느릿, 그러나 쏜살같이 _______ 106

따스한 길 _______ 107

빈 의자 _______ 108

숟가락과 국맛 _______ 110

염화미소 _______ 111

□ 해설 | 이태수
염화미소, 그 다리 건너기의 꿈 _______ 113

1

음악

어떤 음악은 내 속에 들어와 떠날 줄 모르고
어떤 음악은 내 밖에서 머뭇대고
어떤 음악은 아예 내 곁으로 오지 않는다
어떤 음악은 애인처럼 잠드는 순간까지 듣고
어떤 음악은 잊혀졌다 문득 생각나면 듣고
어떤 음악은 우연히 거리에서 스치듯 듣고 잊어버린다
어떤 음악은 기억의 물감을 풀어 아름다운 그림을 그리고
어떤 음악은 마음의 빛바랜 사진들을 들춰보게 하고
어떤 음악은 가슴의 수화기를 내리게 한다
어떤 음악은 마음으로 듣고 어떤 음악은 온몸으로 듣고
어떤 음악은 귀로만 듣는다 어떤 음악은 햇빛이고
어떤 음악은 소낙비고 어떤 음악은 바람이다
어떤 음악은 내 속으로 흘러와 그리운 길이 되고
꿈꾸는 산이 되고 건널 수 없는 강이 된다
어떤 음악은 내 밖으로 흘러가 기도하는 나무가 되고
침묵하는 섬이 되고 떠도는 구름이 된다

어느 순간, 내가 음악이 되는 때가 있다
그때 나는 그대에게 나를 들려주고 싶어진다

그는 시의 요리사

자 여기 오신 당신들을 환영합니다
당신들의 삶이 출출하다면 더욱 환영합니다

그는 조물조물 꽃과 미소와 햇살을 버무려
신기한 무공해 반찬을 만들고
상처와 슬픔을 씻어 사랑을 안쳐 밥을 하고
배반과 치욕을 진실의 소스로 지지고 볶아
화끈한 덮밥소스를 만들고
노래와 춤과 합창을 버무려 샐러드를 만든다
디저트로 침묵차가 나온다
풀코스를 대접하는 그의 손은 따스하고 날렵하다
삶의 자판기 위에서 시를 요리하는
정답고 환한 마음의 손가락들

자신이 한 밥을 나눠 먹는 것,
그것이 사랑이라고 그는 믿는다
그래서 그의 요리 실력은 일취월장

밥상에 둘러앉은 사람들의 얼굴이
황홀한 해바라기꽃으로 피어난다
참 마법사 같은 요리사예요 당신은
사람들은 그러한 답례의 찬사를 잊지 않는다
그들의 멈춘 심장이 뛰기 시작했으므로

세상이 둥근 밥상이 되는 날을 꿈꾸며
그는 마음 고픈 자들을 시의 밥상으로 초대한다

작시법作詩法

시가 작법 속에 갇히면
갑갑하지 않을까?
법 없이도 살 수 있는 시가
장수하지 않을까?

야생의 가슴에서 피어나는 들꽃에게
비싼 기교의 꽃병이 꼭 필요할까?
도매 꽃시장 주인의 기술 연마해야 하나?
가슴 들판으로 소풍 온 당신들에게
초롱초롱한 들꽃 한 다발 품에 안겨주면
당신들 가슴이 꽃병이 되지 않을까?

푸른 가슴 속에서
숨길 수 없는 열꽃들이 폭발하면
느닷없이, 시가, 마그마처럼

무정부주의자

여기까지가 내 마음
저기부턴 네 마음
국경의 경비가 살벌해지면
마음은 언제나 시베리아 벌판
국경을 눈 녹듯 허물면
마음은 언제나 오아시스

내 마음에 네가 꽃피고
네 마음에 내가 꽃피면
마음은 언제나 꽃밭

걷고 싶다, 국경 없는 마음의 길
너와 내가 꽃으로 피어
삼팔선 없는 한반도에서
꽃밭천지 지구 한 바퀴

어머니

그 어떤 착한 영혼도
이승에 초대하지 못한 나는
나를 이승으로 초대해
자신의 골수마저 나에게 대접한
어머니에게 합장하며 온몸으로 절한다

자신이 초대한 인생의 손님들에게
자신의 삶의 살을 발라 기꺼이
지극정성으로 사랑으로 공양한
어머니에게 합장하며 온 가슴으로 절한다

자식의 절이 세상을 향할 수 있을 때까지
자신의 모든 사랑 가없이 내어주며
천지신명께 기도하고 또 기도하는
세상의 모든 어머니들에게
엎드려 합장하며 온 영혼으로 절한다

초파일

오래 마음의 신경통으로
칠흑 같은 생 뒤척이던 어머니와 손잡고
서른아홉의 나, 어린애처럼 폴폴대며
마음의 첩첩산중에 고요히 참선하듯
산 속 깊이 숨어 피어 있는
청련사,라는 청초한 절을 찾아갔었네
들꽃 같은 내 어머니 부처님 앞에 엎드려
무얼 빌으셨는지 나 묻지 않았네
묻지 않아도 먼저 말씀해 주지 않으셔도 언제나
내 생의 막막한 들판에 들꽃처럼 환하게 피어
생의 연등 켜 드시고 진흙 속의 나에게 손짓하실
수천 번 수만 번 눈짓하실 어머니, 들꽃처럼 웃으시며
진흙 속의 아득한 꿈이 생이었구나, 그러시네
네가 나의 연꽃이니 나의 진흙이 웃는구나, 그러시네
다음 생에라도 나의 진흙에 내 어머니 연꽃으로 피어
나면
　나, 내 어머니 꽃잎 위에 글썽이는 순한 아침 햇살이
고 싶네

꽃보다

꽃에게 말 거는 울 엄니
꽃보다 향기로워

꽃에게 입맞춤하는 울 엄니
꽃보다 천진해

꽃을 애지중지하는 울 엄니
꽃보다 사랑스러워

꽃 옆에서 사진 찍는 울 엄니
꽃보다 아름다워

엄마 젖

노모는 아직도 혼자 사는 늙은 딸에게
젖을 먹이신다, 아가야 배고프지?
엄마는 언제라도 젖을 물릴 태세다
엄마 나 배고프지 않아요, 보세요 팅팅 불은 나의 젖!

영덕에서 대구까지 삼십 몇 년 오가면서도
딸에게 오는 노모의 사랑 보따리 좀체 줄어들지 않는다
그 무거운 사랑 받아들 때마다 높아지는 옥타브
엄마, 이제 제에발 빈손으로 오세요옷!
노모의 보따리 속 김치와 반찬, 떡과 생선들을
허기처럼 비어 있던 냉장고에 넣으며 반음계 낮아진 중얼거림
엄마, 이젠 제가 엄마에게 젖을 줄 차례예요

누군가를 사랑한다는 것은
죽을 때까지 순정으로
자신의 젖을 언제라도 허기진 입에 물리는 것

산은 산, 물은 물!

이것은 산이고 저것은 물이란다
어머니가 나에게 가르쳐 주었을 때
이것은 산, 저것은 물?
그저 그렇게 착하게 산과 물을 익혔네

문득 황량한 세상으로 식목되어
그 모든 세상의 날씨들 견뎌야 했을 때
산은 산이 아니라 낭떠러지였고
물은 물이 아니라 눈물이었네

낭떠러지가 봉우리를 가르쳐 주고
눈물은 바다를 가르쳐 주며
삶이 나에게 동전의 양면을 보여 주었을 때
오호, 산은 산, 물은 물!

쌀을 씻으면서

쌀을 씻으면서
한 톨의 쌀을 잉태하기 위해
퍼부어진 햇빛과 바람과 비의 사랑을
어머니 대지의 인내와 헌신을
어느 생애의 땀과 고통을
느릿느릿 점자처럼 읽는다
그 한량없는 사랑으로 익은 이 양식이
우리를 지금 여기까지 데려왔다 생각하니
물에 쓸려 빠져나간 한 톨도 귀히 여겨져
꼼꼼히 바가지 안으로 데려 온다

(어느 마음 고픈 생이 찾아오면
솥에서 막 퍼낸 한 그릇의 사랑을
언제라도 내주려고, 혹시라도 식을까
가슴 속 아랫목에 묻어둔 적 있었던가)

쌀을 씻으면서 고요히
내 속의 황무지를 개간한다

거리의 삽화 4
── 모정母情

아파트 앞 버스정류장
한 움큼의 파뿌리 같은 머리칼 쪽쪄 올리고
대강 개켜진 헌 이불처럼 땅바닥에 폭 주저앉아 있는
한 할머니, 이젠 더 이상 아무 데도 갈 수 없다는 듯
허리 다리 접힐 수 있는 건 다 접혀져 있고
눈빛만 기다림으로 서성이며 낡아 가는데
한 어린 여자애 나풀대며 달려와
할머니, 고모 왔어요! 까치처럼 지저귀니
그 할머니, 눈빛 확 일어서고 마음도 벌떡 일어서는데
뒤집혀진 바퀴벌레처럼 버둥거리는 팔다리,
기다림의 깊이만큼 무거워져 마음을 따라가지 못하고
할머니의 기다림의 문, 막 열고 들어서는
한 허름한 중년여자
        ─ 아이고, 이제 오냐?
        ─ 어머니, 뭐 하러 나와 계세요…?
        ─ 니가 온다는데…!
늙은 딸의 곧 울음을 터뜨릴 것 같은 두 팔이
더는 늙을 시간이 남아 있지 않을지도 모를 어머니를

일으켜 세우고
　시방 폭삭 내려앉을 것 같은 어머니의 일생을 부축해
　살얼음 걷듯 아파트 안으로 걸어 들어간다
　언젠가 저도 어머니 되어 할머니의 마중을 복습할지도
모를
　그 깡충대는 여자애의 까치꽁지처럼 뒤로 묶은 머리가
　아직은 영문을 모르는 채 좋아라 까딱대며
　그 뒤를 따라가고, 나의 젖은 마음도 그 뒤를 따라가고

　(오, 언제나 문 밖에 서 계시는 어머니,
　뿌리까지 달맞이 나선 희디횐 달맞이꽃 같은!)

(당신!)

내 마음의 우물
깊고 푸른 기다림으로
햇빛과 달빛 저며가며 고요히
고요히 세월을 퍼올리다가
그 세월 너무 무거워 기다림도 몸져눕고
세월만, 하염없는 세월만, 고여 갔는데

(내 마음의 우물에
드리워진 당신의 초록빛 두레박!)

당신의 두레박으로 길러진
푸릇푸릇 넘쳐흐르는 사랑
내 마음의 갈라터진 입술로
파랑파랑 스며들어
말〔言〕 이파리 한 잎 피어나네

(당신!)

때가 되면

누가 불러 주지 않아도
꽃은 핀다, 때가 되면
누가 보아 주지 않아도
꽃은 피고야 만다, 때가 되면

누가 아무리 간절히 가슴에 품어도
꽃은 진다, 때가 되면
누가 아무리 간절히 가슴으로 울어도
꽃은 지고야 만다, 때가 되면

꽃!

바쁜 마음들 정신없이 달리다가
지쳐 고개 떨구면
거기, 문득, 간이역처럼 피어 있는 꽃!

어쩌면 삶이란 꽃에서 꽃으로 가는 길인데도
맹목의 욕망이 꽃을 놓쳐 버렸는지도 몰라
그 수많은 꽃들 지나오면서도
가슴에 고이 간직한 꽃 몇 송이나 되나
언제나 꽃을 놓쳐 버리고서야
아, 꽃!이었지, 깨닫는 어리석음으로
또 얼마나 먼 길 바쁘게 헉헉거리나
지천이 꽃이어도 그 꽃의 웃음 나누지 못하는
바쁘디바쁜 욕망의 바퀴들
어쩌면 저마다의 가슴 속에 피어난 꽃들조차
그 바퀴에 치여 뭉개져 버렸을지도 몰라

삶이 여백으로 넉넉해지면
마음 머무는 곳마다 피어날, 꽃!

꽃

어떤 눈은 네가 만남의 기쁨으로 웃고 있다 하고
어떤 눈은 네가 겹겹의 몽롱한 꿈 꾸고 있다 하고
어떤 눈은 네가 이별의 슬픔으로 울고 있다 하지만
너는 어쩌면 웃음도 꿈도 울음도 아닌
화사한 무심의 얼굴인지도 몰라

널 보는 눈들은 언제나
제멋대로 널 덧칠하면서도
제멋대로인 줄 꿈에도 모르지
제멋대로의 눈들은 어쩌면
너에게서 자신을 읽는 건지도 몰라

그 눈 감아야
비로소 보일까,
너의 아름다운 무심?

꽃이 말했다,

꽃이 말했다,
나는 언제나 열려 있었지만
네 마음 닫혀 있어
너는 언제나 어둠 속의 씨앗
너는 여전히 불행
너는 여전히 고통

꽃이 말했다,
저마다의 십자가만큼
건너야 할 불행의 강
넘어야 할 고통의 산
기꺼이 건너고 넘으며
네 마음 환하게 열지 않는다면
너는 언제나 어둠 속 제자리걸음

말

내가 말한다고
네가 꽃필 거면
이미 오래 전에 내 말은
봄비로 너를 적셨겠지

내가 말한다고
네가 노래 부를 수 있었다면
이미 오래 전에 내 말은
너의 악기로 흥얼거렸겠지

모든 말들
부질없다는 거
알면서도
나는 너에게
속삭여주고 싶다,
꽃피자고
노래하자고

킥킥킥 우습지
말들의 막춤

그럼에도
꽃은 노래하고
노래는 꽃피겠지

2

짬뽕천국

짬뽕 좋아하지 않아도
다들 맛있다고 난리들이면
일단 짬뽕을 맛있게 먹는 척해야 한다는데
짬뽕천국에서 굶어죽지 않으려면
짬뽕된 기분을 꿀꺽 삼키고
아 짬뽕 맛있네요,를 잘근잘근 씹으며
웃어주는 예의도 잊지 말아야 한다는데

짬뽕천국에서 출세하려면
짬뽕 기똥차게 후루룩 쩝쩝 하고
짬뽕짬뽕짬뽕 같은 말 풀어헤쳐
짬뽕 같은 사람들 화악 끌어 모아
짬뽕파티 자주 열어 짬뽕사교 고수가 되어야 한다는데

짬뽕천국에서
짜장면 시켜 놓고
고도를 기다리는 자여
기다림은 한물간 발라드라는데

타락천사

천사로는 명함도 못 내밀지
이곳에서 명함을 건네려면
아주 진한 화장으로 널 지워야 해
파티에 차려진 허풍과 허세를
포크로 쿠욱 찔러 폼나게 먹으며
가십과 농담을 즐겨야 해
싸구려 지식도 명품으로 둔갑시켜
좌중을 압도하는 사회자가 되어야 해
너의 애초의 목소리는 아예 잊어버려
증오로 부르는 너의 사랑 노래에
원숭이들이 뻑 가서 노래는 히트칠 거야
그래 히트를 쳐야지, 딱!
타락을 명중시켜야 해
환호가 플래시처럼 터질 거야
너를 차용하고 배포하는 머저리들의 초대로
너는 출세한 바퀴가 되겠지
구르는 돌은 이끼가 끼지 않는다며
구르는 돌의 표정까지 지으면서 말이야

머뭇거리다 권태에 갇혀버린 앵무새들이
고급스런 찻집에 앉아 흥얼거리겠지
타락이 네 인생의 밑천이라는 그 노래

황금 새장

여긴 먹을 물과 모이가 항상 넘쳐나요
새장 너머로 하늘도 보이고요
따스한 보금자리도 꾸밀 수 있지요
걱정이라면 아주 자잘한 것들
그냥 끼리끼리 모여 우스개 잡담처럼
걱정들을 씹어 넘길 수 있을 정도랄까요
일상의 시간표 따라 쳇바퀴나 열심히 돌리면
다달이 흐뭇한 행복도 부금 넣을 수 있답니다
황금이니까요 새장이라도 말이에요
황금이면 눈이 멀지요 전혀 새장 같지 않아요
저 창공으로의 모험은 눈길만으로 즐기겠어요
아침이면 똑같은 노랠 부르고 밤이면 지친 눈 스르륵
우리는 반복의 천재, 태엽 감긴 새
새장 밖으로 하늘을 나는 새들 가끔 보이면
느닷없이 태풍 몰아치면 어디로 갈 거냐 물어보지만
그들은 아무 말 없이 그냥 웃기만 했죠
하아 놀라워라, 그들의 눈빛은 언제나 싱싱하니 말이
에요

가끔 행복의 눈꺼풀이 나른해지기도 하지만
그럴 땐 무럭무럭 자라는 달콤한 꿈을 감상하지요

(황금 새장 속을 아무리 뒤져봐도
창공을 대여해 주는 상점은 없군)

도시의 무인도

성실한 가장처럼
하루를 퇴근한 태양도
제 집으로 돌아가고
어둠의 그물에 갇힌 도시의 불빛들이
거리마다 필사적으로 퍼덕일 때
어둠을 열고 낙엽처럼 거리를 떠다니는
도시의 무인도들
스마트폰을 지도처럼 챙겨든 채

(결코 무인도가 되고 싶지 않은
그러나 언제나 무인도여서 견딜 수 없는!)

네 가슴에 가 닿고 싶어
스마트폰을 열지만
스마트하지 못한 스마트폰 속에는
가슴이 저장되어 있지 않다
아무리 스마트폰 속 길을 가 보아도 무인도는
한창 북적여야 하는 저녁시간에

환하게 불 켜진 텅 빈 식당 안처럼
밖이나 내다보고 있는 주인장의 눈빛처럼
황량하고 쓸쓸하다

무인도와 무인도가 만나
차마시고밥먹고술마시고영화를봐도
서로에게 이르는 뱃길은 오리무중

블랙홀

천연의 빛깔과 향기를 간직한
천연의 숨결과 눈빛을 간직한
자존의 허리가 꼿꼿한 싱싱한 날것들

세상의 온도에 순하게 익혀져
숨이 죽어버린 교과서적인 얼굴들
야성의 기억을 잊어버려
권태의 말뚝에 매여 있는 개처럼
좁은 반경만 뱅뱅 돌며 피곤하다
그들의 간식은 시들시들 맛없는 풍문들

세상의 온도로 익혀져야만 일상의 식탁에 올라갈 수
있는 그 삶의 레시피를 그들은 바른생활이라 한다 날것
들은 익혀야 안심이 된다는 교활한 요리사들이 정치경
제문화교육을 요리해 돈을 번다 싱싱한 날것들은 가난
한 식탁에서나 한번씩 초대될 뿐

펄펄 살아, 익혀지기 싫은 삶들을

마구마구 고아서 먹는 세상의 거대한 입
싱싱한 날것들의 무서운 블랙홀

뻔뻔한

진짜 뻔뻔한 A는 자신의 뻔뻔함은 당연한 것이고
온갖 뻔뻔함들 다 까발리면서도 자신은 거기에서 제
외한다
조금 뻔뻔한 B는 실실 헤픈 웃음 흘리며
제가 좀 뻔뻔하지만 아무 데나 들이대진 않아요, 자진
신고한다
전혀 뻔뻔하지 못한 C는 휘황한 뻔뻔함 앞에서 입 헤
벌리고
그렇게 뻔뻔함이 진화할 수 있다는 것에 놀라거나 충
격 받는다

뻔뻔하고 뻔뻔한 레퍼토리들이
뻔뻔하게 활개치는, 그리하여
뻔뻔해야만 뻔적이는 훈장 달 수 있는
뻔뻔하고 뻔뻔한 이 시대의 사교 주점에서
뻔뻔한 소문들을 지글지글 구워 안주삼아
A와 B와 C가 술잔을 돌린다

동상이몽

나는 분명 네 마음속 건반 도를 눌렀는데
너에게선 파 소리가 울렸네
너의 파 소리가 내 마음속 건반 파를 건드렸는데
나에게선 레 소리가 삐져나왔네
나의 레 소리가 네 머릿속 건반 레에게로 건너갔는데
너에게선 시 음계의 재미없는 소음이 꼬리를 물었네
그 꼬리 잘라볼까 기다리고기다리고기다리다가
갑자기 도마뱀 생각이 나서 혼자 웃었네
너는 신이 나서 계속 꼬리를 흔들었네
공중으로 뭔 소린가가 바쁘게 오락가락했지만
나는 줄곧 도마뱀 생각만 했네

교육이라는 이름의

이렇게 해야 돼!의 금 밖으로
한 발도 나올 수 없는 아이들
쑥쑥 자라나는 아이들의 무궁한 가지들이
금 밖으로 나오면 잘려지고 뭉개진다
로봇 같은 아이들을 사육하는 금 안

그냥 저 생긴 대로 뻗어나가게 할 수는 없나
아이들을 금 밖에서 통통 튀는 공처럼 놀게 할 수는
없나
통통 튀면 이제 그만 그만! 소리쳐야 하는 금 안의 선
생들
그들도 때로는 우중충하게 걸친 무거운 옷이 버겁다

수준별로 갈라지는 무수한 금들이
말랑한 아이들 마음에 흉터를 남긴다는 걸
알지 못한 채 쉽게 버튼만 눌러대는 웃대가리들

아이들 속 서로 다른 광채와 모양의 보석

그것을 캐내는 손들은 어디에 있는가
어린 싹들에게 열등과 우등의 낙인 콱 찍어버리는
기르는 것이 아니라 숨통 콱 틀어막아버리는
교육이라는 이름의 그 무수한 금들

욕망의 공

빵빵하게 욕망으로 부풀려진 공은 무조건 튀고 싶다
맨땅으로부터 튀어올라 날개를 달고 싶다
슛 골인! 의기양양하게 골대를 치고 들어가고 싶다
와와 군중들의 박수와 함성을 받고 싶다
쓸쓸한 공터에서 힘을 빼고 싶지는 않다

욕망의 발이여, 나를 몰아다오
나의 눈은 언제나 골대를 향해 있다
나를 멋지게 한판 날려다오

욕망의 공들이 튀고 날고 추락하며
거대한 네트워크를 구축하는
세상의 게임들이 날로 번창한다
튀는 공들은 날로 기고만장하다

참 이상한 시대

태평스레 구름이 하늘을 산책한다
태평스레 하늘은 땅을 응시한다
태평스레 땅은 생명을 품어 안고 젖을 물린다
태평스레 바위는 천년만년 잠만 잔다
태평스레 나무는 햇살로 나이테나 그린다
태평스레 산은 언제나 문을 열고 기다린다
태평스레 강은 낮은 곳으로 낮은 곳으로 마음을 낸다
태평스레 태평스레 바다는 와불처럼 누워 있다

태평스럽지 못한 마음
태평스럽지 못한 욕망
태평아, 어딨니?

태평이 그립지만
태평은 간곳 없는
참 이상한 시대

죽은 시인의 사회

이젠 재미없다, 죽은 지식의 얼굴 해독하는 일
꼬깃꼬깃 인간미 없어도 시 낚시 전문가로
완전 유명해진 시인의 초상, 재미없다
차라리 까르르 웃는 들꽃이나 들여다보는 게
누구에게나 친절한 봄햇살이나 만나러 가는 게
차라리 싱싱한 초록이나 싱싱한 진심이나 더 들이켜
는 게
픽션보다는 다큐멘터리나 감상하는 게 차라리

죽은 불알 만지면서 심각한 표정
난해한 심각함으로 폼 잡는 거
지겹다, 그 모든 제스처 그 모든 껍데기
그냥 그러면 되지 히피처럼, 자연스럽게 말랑말랑
지겹다, 테크닉이나 팔아먹으며 딱딱해지는 것들
이제 그런 식어빠진 지식들 과식하며
삶을 낭비하고 싶지 않아, 차라리
아무것도 모르는 바보가 되어 삶과 연애할 거야

햇빛이 춤추는 바다로 데려다 주는 삶의 손목
그 매혹에 이끌려 나는 볼 거야,
살아 퍼덕이는 눈부신 블루
자신의 모든 것 통째로 선물하는 그 푸른 순정
그곳에 닿아 나, 당신들에게 편지 쓸게
죽은 지식들 그 바다에 장사지내고
내 속에 핀 들꽃의 언어로

난해의 진화

대단한 출판사의 대단한 두께의 시집
오접된 수화기처럼 무슨 소린지 알 수 없는
지리멸렬한 풍경들로 도배된 그 시집
대체 그 어떤 질긴 인내가 그것을 사랑할까?
그래도 대단한 출판사에서 나온 것이니까
대단한 뭔가가 있는 것일까? 두리번거리니
그 시집 꽁무니에는 더 난해한 평론이!

세상을 점점 난해하게 진화시켜가는
난해의 별종을 즐기는 입맛들
대단히 난해해야만 씹을 맛이 난다는 듯
난해는 난해를 낳아 날마다 진화한다

늙고 지루한 세월

　공원 한 귀퉁이 바위에 늙고 남루한 인생이 늙고 지루
한 세월과 마주 앉아 장기를 둔다, 세월이 장군이요 멍
군이요 하면 지금껏 알아온 요령으로 이리저리 피해 다
니며 마지막 순간을 모면한다 그래도 어느 날 꼼짝달싹
할 수 없는 때가 오리라 늙고 지루한 세월이 그렇게 마
지막 비장한 한 수를 놓으면 허허로운 공원의 나른한 게
임도 끝이 나리라 그러니 늙고 남루한 인생, 오늘치의
장기나 즐길 밖에

　공원 한 귀퉁이 보도블록에 앉아 겨울외투와 목도리
로 무장한 할미꽃 넷, 화투를 친다 저승 갈 때 쓸 노잣돈
같은 앞앞이 놓인 십 원짜리 동전들 이리저리 사이좋게
자리를 옮겨 다니며 찬바람 속에서 반짝인다 어느 날 가
진 십 원짜리 동전 다 잃고 훌훌 자리를 뜨는 날이 오리
라 인생의 겨울과 안녕 안녕 서둘러 작별인사하고 피안
의 따스한 온돌방으로 돌아가리라 그러나 오늘치의 찬
바람은 갈 곳 없는 할미꽃들의 놀이터, 늙고 지루한 세
월의 판을 펴는

공원 산책

공원 수돗가에서 물 마시려는데
막 물 마시고 땀에 젖은 손수건 씻으시며 할머니
혼자 중얼거리셨다, 좋은 세상이여
이렇게 걷다가 물 마시도록 다 되어 있고
걷다가 앉아 쉬어가라고 벤치도 놓여 있고
그 말씀, 담백한 경전처럼 들으며
나는 가만히 고마운 물 달게 마셨다

공원 화장실에 들러 손 씻자니까
옆에서 할머니에 가까운 한 아주머니
혼자 중얼거리셨다, 사는 게 개떡 같어
개떡이라는 말에 나도 모르게 하하하
아 그렇지 않냐고? 젊었을 땐 돈 버느라 힘들고
늙으니 마냥 놀 수도 없어 운동하러 나왔더니 힘들어
죽겠네
자신의 개떡 들어줄 누군가의 귀가 필요한 듯 보이는
아주머니의 땀범벅된 뚱뚱한 얼굴에게
사는 게 힘들지요, 나는 짧은 맞장구를 쳤다

늙어서 마음 갈 곳 없으면
세상의 공원이나 산책하며
고맙기도 하다가 힘들기도 하다가
햇빛 맑은 날 다정한 벤치에 앉아
공중으로 발 내리는 낙엽과 겹쳐지겠지

뻐어엉!

공원에서 휠체어에 앉아
옆에 뻥과자 봉다리 총총 쌓아놓고
어떤 때는 고요히 졸기도 하다가
어떤 때는 갑자기 뻐어엉! 뻐엉~! 뻥~!
뻥과자~ 사~려~도 아니고
오로지 뻐어엉! 뻐엉~! 뻥~!만 외치는
그를 스쳐 지나가다 보면 그의 허공 닮은 외침이
내 가슴에 뻥!뻥!뻥! 구멍을 뚫는다
마치 세상의 모든 말들이 뻥이라고 외치는 듯
그의 뻐어엉! 소리는 허공을 가른다
그것도 잠시, 다시 침묵 속으로 들어가는 그 아저씨
휠체어에 갇힌 그의 삶은
이 세상 아무 데도 닿지 못할 것만 같다
마치 이 삶이 우주적인 뻥이라는 듯 일장춘몽이라는 듯
그는 다시 꾸벅꾸벅 잠 속으로 스며든다
하루에 얼마나 벌까 안쓰럽고
인생의 막다른 길 위에 세워진 삶 안쓰러워도
나는 그냥 잠든 휠체어를 지나친다

뻐어엉!
나는 얼마나 삶의 뺑과자를 먹어댔던가
아무리 먹어도 허기졌던 삶

세상에서 가장 쓸쓸한 줄

공원 한쪽 덩치 큰 사랑의 밥차 듬직하게 서 있고
자식들이 공양하지 않는 점심
대신 공양하려는 따뜻한 사랑의 손들 분주하다
아침부터 막걸리로 공복을 달랜
주름진 인생들이 초겨울 바람 속에
한 시간도 더 넘게 긴 줄 늘어서 있다
그저 기다리는데 익숙한 주름살들은 미동도 없다
어쩌면 하루의 일용할 양식일지도 모를
그 밥줄 꽉 거머쥐고 한 줄 늘어서서
그들의 오전은 퉁퉁 불은 국수처럼 늘어진다

철없는 개나리

십이월 십이일
공원길 한켠, 어머낫!
철없는 개나리
철모르는 개나리
천방지축 개나리
피고 싶다고 제멋대로 피는 개나리
호호호 웃으며 십이월 소풍을 즐긴다
어쩌자고 막무가내 저러는지
며칠이나 겨울바람과 춤추며 놀 작정인지
언제 십이월이 변심해서 칼바람 날릴지
그래도 지금 이 순간 킥킥킥 웃으며
사람들의 놀란 눈을 천진하게 쳐다보는
철없는철모르는천방지축제멋대로 개나리

철이 없어 색다른 삶의 그림도 쓱쓱
철이 없어 우주의 시간표도 살짝 뭉개보고
너무 철이 없어 가출하고도 마냥 신이 난

3

아웃사이더

그가 잠든 사이
그들은 머릴 짜내 애를 만들고
그들에게 매달릴 애를 낳고
온갖 정보로 애를 키우며
그에겐 낯선, 울긋불긋한
혈기왕성한 세계를 창조했다

잠에서 깨어난 그는
아무도 알아보지 못했고
그들의 말을 알아듣지도 못했다
그에게 낯익던 길들은 자취를 감추었고
누군가 세상이 변했다고 친절하게 요약해 주었다
그러게 왜 잠을 잤냐며 누군가 그를 나무라기도 했다

너무 늦게 일어나니 이내 밤

시차 적응 안 되는 곳에서
어리바리 어영부영하다가
이내 겨울, 이내 낯선 별?

목이 마르다

먼 길 헤매다
목이 마르다
슈퍼에서 물도 사 마시고
누군가와 레스토랑에 앉아 맥주도 마시고
산길에 숨어 있던 약수도 마셨지만
목이 마르다
집 냉장고에서 날 기다리는 찬물 생각에
집으로 돌아온다
냉장고에 들어 있는 물 다 마셔도
다시 목이 마르다
히말라야 눈 녹은 물 마시면 괜찮아질까?
다시 더 먼 길 나선다
그러나 더 먼 길 위에서도 히말라야를 찾지 못한다
더 목이 마르다 죽도록 목이 탄다
집으로 돌아가는 길이 멀다

목이 마르니까
인생의 지도가 그려지는지도 몰라

목이 마르니까
사랑의 노래로 목을 달래는지도 몰라

목이 마르다
내 속의 샘이나 파볼까?

그것 참!

꿈에 지갑을 잃어버리고
꿈에서조차 가슴 철렁 허둥지둥
세상의 길에서 나를 잃어버려도
잃어버린 줄도 모르고 희희낙락
그것 참!

꿈에 길을 잃어버리고
한참을 헤매다 깨어나 보니
길은 내 속에 떠억하니 그대로인데
다시 몽유병 환자처럼 밖에서 헤매 돈다
그것 참!

에트나*

너는 높고 너는 외롭고
너는 웅장하고 너는 고요하고
너는 뜨겁고 너는 서늘하고

어느 날은 아예 하늘로 숨어버리고
어느 날은 몽롱하게 공중의 섬처럼 떠 있고
어느 날은 연기 내지르며 광기로 타오르고
어느 날은 눈외투 입고 순정으로 빛나고
또 어느 날은 초록빛 일렁임으로 눈부신
너는 사랑의 코드를 날마다 변주하며

너무 높아서 외로운
너무 웅장해서 고요한
너무 뜨거워서 서늘한

에트나, 너의 속 깊은 노래는
오로지 침묵으로만 들을 수 있는가

* 이탈리아 시실리에 있는 유럽에서 가장 높은 활화산.

그랑 블루

살아온 길들을 지우며 떠난 길
그랑 블루, 너는 나의 최후의 집
삶의 강물이 이끄는 대로 순하게
네게로 갔네, 오래 익숙했던 마음의 집을 떠나
깊고 푸른 네 몸 속으로 스며들기 위해
내 붉은 아가미 물결 따라 춤추었네

오랜 미망의 길들이 사라지자
문득, 너는 한 번도 본 적 없는 깊고 푸른 사랑
너는 언제나 그곳에서 나를 기다려 왔었네
햇빛이 순결한 네 몸의 건반을 누르면 너는
푸른 풍금소리로 늙은 내 지느러미 어루만졌네

내가 간직해온 몇 개의 붉은 노래들이
동백꽃처럼 후드득 떨어지고
네가 들려주는 따스한 자장가에
먼 길 가만가만 흘러왔던 내 마음 뉘었네

그랑 블루, 나는 네 속에서 잠들겠네
갓 피어난 분꽃 같은 입술로
너의 깊고 푸른 이마에 굿 나잇 키스를 하고

나무

뿌리는 늘 어둠의 길 더듬대며
필사적으로 수맥을 찾아 떠나야 하고
몸통은 늘 부동으로 중심 잡고 서서
온갖 풍파에 쓰러지지 않으려 안간힘 써야 하고
가지는 날마다 룰루랄라 자유롭게
허공의 길 위에서 새들과 놀고
이파리는 날씨 좋을 때 소풍 나와 햇빛과 깔깔대다
날 추워지면 제 집으로 돌아가 동안거하고
꽃은 연례행사에 불려나와 황홀한 눈길로 확 타오르
다가
열매에게 바통 넘기고 신기루처럼 사라지고
열매는 햇빛과 연애하며 절정의 맛과 빛깔을 익혀
육보시의 기쁨으로 한 해를 거두어들이고

고유한 각자의 길을 고요히 가며
그 어느 것 하나도 우쭐대지 않는
나무는 이 모든 것들의 즐거운 휘파람
이 모든 것들의 성스러운 합창

벼랑 끝에서도 노랠 부르는 기특한 나무

나무의 절반은 하늘을 숭배하고
나무의 절반은 땅을 숭배하고
그래도 나무의 유일신은 우주
우주는 언제나 나무의 든든한 빽

나무가 되고 싶다
숲으로 우거진 세상 속으로 건너가고 싶다

쉰

아마 아름다운 봉우리 몇 개는 놓쳐버렸겠지
안개에 가려져 발밑만 볼 뿐
그래도 내려갈 순 없어, 아직 때가 아니므로
안개 같은 관성에 떠밀려 후후 숨 내쉬며
후들후들 봉우리 찾아 산길 헤매는 쉰
너무 일찍 먹어버린 점심 도시락 같은 청춘
낡은 삶의 배낭 속에서 덜거덕덜거덕 빈 통 소리
조금 남은 생수 같은 생활의 힘으로
다들 올라가 보았다는 봉우리 찾아가는 쉰

늦은 오후의 지루함과
이른 저녁의 쓸쓸함 사이에서
거친 숨 고르는 쉰
이제 좀 기다리면 노을이 당도할 것이다

여름이 갔는가 가을이 오는가 가을이 가고 있는가
절정으로 뿜어낼 삶의 색깔 내게도 있는가
너무 일찍 꿈꾸는 이파리들 떨구어버린 건 아닐까

겨울이 오면 모든 길들
천진한 눈에 덮여 입 다물 것인가

육보시

티브이 화면 속에
이천만 원짜리 참치가 탁자 위에 떠억하니 누워 있다
야성의 바다를 떠나온 거대한 몸은
자신의 모든 것 인간에게 보시할 준비가 되어 있다는 듯
담담하다, 그 주위에 늘어선 초대받은 사람들의 환호성
먹이 사슬이 끝나는 순간의 대비對比가 식칼처럼 빛난다
머리에서 꼬리까지 버릴 것 하나 없다는 참치는
일류 요리사의 손에 들려진 칼에 섬세하게 조각난다
와와와 프로를 진행하는 사람들의 눈과 입은 후끈 달구
어져 있고
참치는 제 몸의 살은 물론 위와 눈알 지느러미까지
그들의 탐욕스런 입맛에 헌납한다
오오오 참치를 시식한 입과 몸이 호들갑스럽게 춤춘다
그들의 입 속으로 들어간 참치의 소멸의 춤은
그 프로의 기쁨의 하이라이트를 장식한다

내가 죽음에게 잡아먹힐 때
저 참치의 마지막 춤처럼

죽음의 혀를 기쁨으로 빛나게 할 수 있을까?

맛있는 삶을 살아야겠다

모놀로그 1

어쨌든 이십 년 일했으니
이젠 놀아야지 후후 당당하게
바쁜 발걸음들 사이에서 주눅 들지 말고
갑 속에 쑤셔 넣어진 성냥개비 같던 나날들과 결별하고
이젠 천진한 아이처럼 성냥 켜대며 불놀이나 즐길 테야
누가 안부 물으면 별 볼일 없어도 잘 놀고 있다며 킬킬
대야지
빈둥거리며 인생 낭비한다 내게 뭐라 그래도
난 그냥 하하 용서해줘! 하하거릴 거야
어린 풀꽃이나 새싹에게로 놀러가서
여하히 피어나는 생명의 밀어에 마음 기울일 거야
버려진 가슴속 정원도 다시 깨워 꽃씨를 뿌릴 거야
나무나 바람과 함께 신나게 춤도 춰야지
멀리 날아가는 새들에겐 나뭇잎처럼 손 흔들어주고
강으로 나가 너에게 닿는 시의 종이배를 띄울 거야
거창한 인생의 탑 따윈 꿈꾸지 않을 테야
내게 당도한 소박한 아침이란 선물 기적처럼 받아들고
어린아이처럼 통통 뛰며 기뻐할 거야

그러면서 자주 미안해질 때도 있겠지
겨울날 거리에서 좌판으로 연명하는 휘어진 등 만나면
뼈 빠지게 일해서 추운 세상 돕는 착한 손들 만나면
버림받은 어리거나 늙은 삶들 널려진 누추한 뒷골목에서
모든 그럼에도 불구하고,
세상의 빡빡한 시간표 속으로 들어가고 싶진 않아

모놀로그 2

내가 저 별빛을 읽듯
저 한 송이 연꽃을 읽듯
누가 나를 그렇듯
하염없이 읽어줄까요, 내 어머니가
한 장 한 장 쓰다듬으며 나를 읽어주듯
누가 나를 그렇듯 오래
깊은 행간의 뜻까지 읽어줄까요

혹 그 누가 읽을 것 같아 설레며
나를 썼지요
어쩌면 아무도 읽지 않을 것 같아 캄캄해하며
나를 지웠지요

설레임과 캄캄함 사이를 오락가락하며 세상이란 서점
에도 가끔 들렀지요 책표지만 보고 그냥 돌아서는 경우
도 많았지요 자신을 광고하며 팔기에 급급한 책들이 베
스트셀러이기 일쑤, 우리의 눈길 너머 어느 한구석 고요
히 좌선하는 아름다운 책들, 기다림의 대명사처럼 보이

는 그런 책들에 마음 가곤 했어요 때로 길 위에서 사랑
을 선물하는 풀꽃 같은 책들 우연히 만나면 그 은은한
향기 푸른 종소리처럼 가슴에 울려 퍼졌어요 아 나는 어
떤 책일까요

　　그러나 그 어떤 책이든 서문만 읽으면
　　다들 알아채지요 우리는
　　서로를 간절히 읽어주길 바라는 책들이란 걸

혼자 밥 먹으며

뭘 기다린지도 모르면서
그냥 기다리다 지쳐
혼자 밥 먹네
밥이 법인 이 나라에서
혼자 밥 먹으며
법 없이도 살 수 있는 나라가 그립네
법 없이도 살 수 있는 숱한 인생들이
이 땅에선 법 때문에 따뜻한 밥 못 먹더군
혼자 밥 먹으며
밥 안 먹어도 살 수 있는 나라가 그립네
기다리다 목 빠질 듯해서
그냥 혼자 밥 먹으며
반찬으로 그런 생각 몇 점 구워 먹네
밥이 법처럼 싸늘하게 식어버리는군

무위와의 동거

나는 나를 반성하지 않는다
나는 나를 닦달하지 않는다
나는 나를 자책하지 않는다
지지고 볶는 일을 휴업했다

정말 바보 같다는 생각이 들기도 한다
바보가 되어도 별로 나쁘진 않겠네 싶어진다
바보가 되어도 좋다는 느낌이 온다
세상의 천재들이 더 이상 부럽지 않다

바람의 갈기를 쓰다듬어 주다가
구름의 춤이 되어 피고 지다가
나무의 눈웃음에 눈이나 맞추다가

적막이 와도 도망가지 않는다
배반이 와도 화해하고 악수한다
절망이 와도 비탄의 벽을 쳐대진 않는다

그래도 흰구름은

마음의 끈 다 놓아버리고
이대로 시와 놀며 허송세월 하리라 마음먹다가
문득 올려다본 하늘 속으로
제멋대로 피었다 사라지는 흰구름들의 춤
그래도 된단다 하늘은 흰구름에게
바람의 리듬에 맞춰 피고, 지고, 피고지고
그래도 된단다 흰구름은 나에게
허송세월 그냥 흘러가도 된다는데
아하, 세상은 아니란다
날치기로 상점도 짓고 휘황한 간판도 내다걸어
부지런히 장사도 하고 집회도 나가란다
허송세월이라니! 어림도 없단다 밥도 먹지 말란다
그래야 한단다 고군분투 세상은
그래도 흰구름은 히히 웃는다 나에게
허송세월의 맛도 보라며 자꾸 히히거린다

바람의 전설

갈 곳 없던 눈 속으로 파고들어
후두를 타고 돌며 웅웅웅 회오리 일으키다
심장을 드럼 치듯 마구 두드리더니 마침내
내 마음의 동백꽃 후두둑 통째로 떨어뜨리고
우우우 바람, 너 어디로 달아난 거냐
너를 퉁기고 싶었던 늑골들은 계곡처럼 깊어져
이젠 그 어떤 곡도 너에게 들려줄 수 있는데
우우우 바람, 너 어디에 숨은 거니

그래서 바람인 게야
그래서 넌 다만
물 위에 쓰는 유서 같은 것

뭉게구름편지

두 눈 질끈 감았다 해서
네가 그립지 않은 건 아니지
내 캄캄한 두 눈 속
노란 민들레로 피었다가 사라지는 너
네 향기 그리우면 구름에다 편지를 써

안녕? 잘 지내? 나? 네가 그리워

뭉게구름편지를 넣을 우체통이 없네
바람우체부는 내내 딴청이지

늘 길 떠나지만 너에게 닿을 수 없는
뭉게뭉게뭉게구름편지들
어쩌면 우리는 늘 오해를 이해라고 생각하는지도 몰라

명상 입문

내내 바깥을 서성이던 눈을 감고
나를 클릭하면
어둠 속 여러 갈래 생각의 길 위로
교통 체증에 시달리는 마음의 차들

클릭해본다, 둔갑술의 거장인 마음이란 놈
차르륵 펼쳐진다, 몇 생에 걸쳐 축적된 자료들
탐색해본다, 무의식에 감춰진 X파일들
삭제키 눌러본다, 작동되지 않는다
제멋대로 내 속을 나뒹구는 마음의 파편들

(마음은 원래 그러하다는 정보가 뜬다)

깡그리 버려야 한다는 마음만 삭제하면
하릴없이 피고 지는 마음의 풍경
그냥 그러려니 바라볼 수 있다는데

(마음은 먹구름처럼 떠다닌다
명백한 허공 속을)

불후의 명곡

들여다봐, 끝까지
어둠이 너를 깡그리 지워버리는 순간까지
겁내지 말고 걸어가 봐
안간힘으로 한 걸음씩 내딛으며
더듬더듬이라도 가다 보면 감이 생기겠지
어느 순간 어둠에 다 잡아먹혀진 것 같아질 때
네가 만약 영혼의 순결한 치맛자락이라도 놓치지 않
는다면
아 여기가 어디쯤이군, 네 속의 나침반이 작동할 거야
이게 끝일까? 삶이 그렇게 모노톤일까?
너의 불안이 그런 의문들로 가득 찬다면
어둠은 빛으로 가는 터널이란 노래를 기억해
노래를 등불처럼 켜들고 가고 또 가다보면
문득, 그 지루한 어둠의 어느 한 귀퉁이가
신비의 얼굴로 너를 놀래킬 거야
화들짝 네가 빛으로 피어날 거야

내가 너에게 아무리 빛을 설명해 줘도

불후의 명곡

네가 빛으로 피어나지 못하면
내 말은 너에게 충고란 이름의 소음
네 속의 어둠의 길목들 가보지도 않고
너는 어둠에 대해 긴긴 논문을 쓰곤 하지
그렇고 그런 잡설들, 빌려온 문장들

너의 정직하게 부르튼 두 발로 당도한
어둠의 끝에서
네게 피어난 빛을 내게 들려줘
그러면 난 일생 널 재생해서 들을 거야

4

웃음피리

우하하하푸하하하캬하하하우헤헤헤
킬킬킬킬우히히히깔깔깔깔아하하하

배꼽 빠지게 웃고 나니
신기하게 나는
텅
빈
대
나
무

누가 나 좀 베어다가
피리 한 자루 만들어 주오

나를 부는 허공의 숨결 따라 가락이나 뽑다가

으하하하하 누가 화창하게 나에게 웃음 연주하면
으하하하하 메아리 둥글게 세상으로 퍼져나가게

바보의 궁금증

그들은 한가하면 불안하단다
불안해서 바쁨의 액셀 좌악 밟아대며
헉!헉! 바빠 죽겠다, 아우성
스스로 친 그물 속에서 퍼덕퍼덕퍼덕대며
우우 그물 밖으로 나가고 싶다, 아우성

그들의 아우성 들어주다가
바빠 죽겠으면 안 바쁘면 살겠네?
혼자 중얼거리다 그물 밖에 앉아
허공이나 쳐다보는 바보의 하루는
구름의 발자국처럼 둥 둥 둥

둥둥둥둥둥 떠내려가다
성실하게 하루를 살다 불콰해진 해를 만나면
안녕, 내일 또 만나!

죽음의 문 앞에서도
그들은 그렇듯 바빠 죽을 것인가,
바보는 문득 궁금하다

바보의 상책

수화기 저 건너편에서
세상의 중심에서 별별일 다 겪고 있노라며
세상의 중심을 열변하고 토로한다
세상의 중심으로 헤엄쳐 가본 일 없는 바보는
변죽들 거리도 없지만 그래도 속으로
세상의 변경에도 하늘엔 별 천지인데? 여기가 별천진가?

별 볼일 없는 변방의 토굴에서 바보는
배고픈 위장을 공경하며 소박한 밥을 먹고
잠이 오면 잠을 자고 전화가 오면 전화를 받고
변방의 밤하늘을 만나러 밤산책 나선다
저 홀로 떠 있어도 행복한 별과 달이 하늘에서
세상살이 다 그런 거야, 눈짓하며 웃는다
아 그런가? 바보도 따라 웃는다

별별일로 북적대는 세상의 중심이란 곳에도 별이 뜰까?
아니면 별이 돌멩이처럼 숱한 발에 채일까?
모르는 것은 대놓고 물어보는 게 바보의 상책

바보의 메시지

저기 어디선가
절대로! 난 안 그래
절대로! 난 그렇게 못 해
절대로!의 화살을 서로에게 쏘아댄다

그런 무서운 화살을 쏘아대는
그들의 용기가 부럽다 바보는
그래서 용기백배해서
저기 어딘가로 절대로의 메시지를 날려 보낸다
도무지 난 절대로!의 화살이 무서워

저기 어딘가에선
절대로! 바보의 메시지는 열어보지 않을까?

바보의 태평농법

강요나 책망 혹은 작심의 화학비료는 사양한다
벌레든 잡초든 뭐든 다 그래그래 한 식구로 받아들이며
태평농법으로 나날을 재배하는 바보는
그것이 삶의 자연농법이라 생각한다
당연히 성장은 더디다
어떨 땐 벌레들의 식사가 되기 일쑤
당연히 수확물은 미미하다
그래도 어쩌다 얻어걸리는 건강한 무공해 맛은 귀하다
조촐하지만 감사한 휴식을 바보는 매일 섭취하며
태평농법이 세상에 많이 보급되길 소망한다

바보의 버스여행

인생이라는 버스 속에
마음만 먹으면 빈자리도 널널한데
습관처럼 욕망의 손잡이에 매달려 덜컹거리는
맹목적이고 질긴 손들,
놓치면 비참하게 처박힐 것 같아
빌어먹을 손잡이에 매달리고 매달리다
거짓말처럼 손잡이에 들러붙고 만다
이것이 인생의 끈끈한 맛이라는
그들의 현학적인 증언은 교과서에 기록된다

자리가 비었길래 편하게 자리에 앉아
바보는 매달린 손들을 바라본다
하나같이 인상을 쓰며 피곤한 손들
바보는 그 손들에게 의자에 앉으라고 권해보지만
손들은 결코 바보가 되고 싶지 않다고 사양한다

창밖 꽃과 나무와 바람이 웃으며 지나가며
구름이 하늘을 뛰놀다 미련 없이 사라지며

먼지투성이 버스 창문에 안부를 남긴다,
무표정한 손잡이하고 레슬링만 하다가
겨울밤 텅 빈 터미널에 도착하는 건
참 힘들고 재미없는 버스여행이지?

유기농 채식

그러자고 마음의 벨트 풀고 앉아
삶의 식탁에 공손히 앉으면

손이 먼저 가는 것들, 가령
다소곳이 데치고 무쳐진 고요한 채소반찬들
먼저 덥석 맛보고 싶은 건 어쩔 수 없는 일
싱싱한 쌈채소들의 빵긋거리는 순진한 인사
나도 두 손까지 흔들어가며 안녕? 안녕?
입이 미어지게 쌈을 싸서 행복하게 소통하지

그렇고 그런 것들 다 그렇고 그렇게 젓가락질하며
아 고마워 맛있어 쩝쩝 그럴 수 있지
마음의 벨트 이미 다 풀었으니까
얼마든지 뭐든 다 맛보기로 마음먹었으니까

근데 정말 아무리 맛보라 권해도
눈과 입 먼저 닫히고 젓가락 넣고 싶지 않은 것들
가령, 피 뚝뚝 떨어지는 시뻘건 욕망의 살점들

호호호 웃는 듯해도 칼을 갈고 있는 가면의 두루치기
치기경쟁우월감거짓뭐가뭔지 두루두루 넣은 부대찌개
식욕 안 당기는데 어쩌겠나

입맛대로 채워지는 삶의 위장
편하고 쉬운 소화를 위해
아직은 그렇다, 유기농 채식이 좋다

귀를 빌려주다

뒤엉킨 실타래 같은 말 들어주다가
지루했지만 변죽을 든다, 그래애?
다시 실타래가 더 엉킨 말들이 쏟아진다
예전 같으면 가위 휘둘렀겠지만
요즘은 그래애?접착제를 말 사이에 바르며
엉킨 실타래 가진 입들에게 귀나 빌려준다
조금 오래 빌려주다 보면
엉킨 실타래 저 스스로 조금씩 풀려가기도 한다

귀를 빌려주다 보니
입이 우물처럼 깊어진다

그냥,

그냥, 요즘은 그냥이다
그냥 마음 가는 대로
삶의 사소한 그물코
섬세하게 뜨개질하다 보면
심심한 삶에다 걸칠 옷 한 벌 완성되지 않을까 싶은
그런 맹물 같은 마음
그것과 손잡고 산책 나선다
허어, 지천에 넘치는 꽃
그냥 그 꽃에 잠겼다 나온다
그냥 또 하루가 진다

그냥 또 한 생이 진들

허공

멍하니 있으려니
배가 고팠다
술을 마셨다

멍하니 있으려니
시가 고팠다
꽃에게 말을 걸었다

멍하니 있으려니
아침과 밤이 정답게 시소를 탔다
구차한 나이를 먹어갔다

멍하니 있으려니
문 밖에서 멍!멍!멍!멍! 개가 짖었다
잠든 시를 깨웠다

멍하니 있으려다
혹시 가슴에 멍이 들었나?

가슴을 열어 본다
아니 허공, 너였니?

사소한

사소한 것에서 실망하고
사소한 것에서 화나고
사소한 것에서 마음이 낙서를 한다

사소한 것에 인생이 난리법석

사소한 것에서 행복을 찾고
사소한 것에서 기쁨을 느끼고
사소한 것에서 마음이 노래할 수 있다면

사소한 것에 인생은 웃음만발

아주 사소한
오래된 책갈피에 끼워둔 낙엽 같은
약속, 잊지 않고 지킨다면
인생은 거대한 신뢰의 사원

허공 한 접시

이젠 접겠네, 판단의 손가락
종횡무진 늘어놓는 횡설수설에도
그냥 빈 귀 하나로
느닷없이 서리 맞은 냉담에도
그냥 텅 빈 미소로

이젠 접겠네, 미래와의 약속
그냥 허공 한 접시로
세월의 식사를 대접하겠네

허공 속으로

허공 속으로 집 없는 바람이 지나간다
허공 속으로 바람난 꽃잎이 지나간다
허공 속으로 길 잃은 새가 지나간다
허공 속으로 이름 없는 일생이 지나간다

삶의 가슴을 관통하는
허공을 가로지르는 것들의 노래

죽어 다시 태어나기 위해
허공의 자궁 속으로 기어든 삶

허공 속으로 진눈깨비의 속울음이 지나간다
허공 속으로 햇빛의 폭소가 지나간다
울고 웃으며 삶이란 제목의 모든 드라마가 지나간다
지나가며 우리를 허공 속으로 끌어당긴다

지나갈 것 다 지나가고 나면
자비로운 허공이 색을 낳을까?

색의 얼굴로 나,
허공의 노래 부를 수 있을까?

느릿느릿, 그러나 쏜살같이

사막의 낙타가 느릿느릿 걸어간다
그러나 지평선 위의 해는 쏜살같이 사라진다

설산의 눈이 느릿느릿 녹아간다
그러나 화들짝 봄꽃들은 쏜살같이 무너진다

네가 느릿느릿 말을 한다
그러나 말의 표정은 쏜살같이 내 가슴을 관통한다

느릿느릿 흘러가는 구름
그러나 쏜살같이 거꾸로 처박히는 맹세
느릿느릿 떠다니는 나뭇잎
그러나 쏜살같이 사라지는 물 위에 쓴 편지

느릿느릿, 그래도 한 생
쏜살같이, 그래도 한 생

느릿느릿, 그러나 쏜살같이
시곗바늘이 너의 노래가

따스한 길

무심하고 차가운 돌을
무조건 손바닥이 감싸안는다
나누고 싶어 하는 심장의 따스함이
손바닥을 통해 돌에게 전해진다
차가움이 조금씩 누그러지며
돌은 차츰 손바닥과 경계를 지운다
따스해진 돌의 심장이 손바닥에게 전해진다
심장과 심장이 통하는 따스한 길 위에서
손바닥과 돌은 하나의 심장이 된다

빈 의자

아직도 빈 의자를
마음에 들여 놓고 살아가는 자는 행복하리니

빈 의자를 그리워하는 지친 고달픔들에게
자신의 여백을 기꺼이 선물하는
빈 의자를 아직도
마음에 들여 놓고 기뻐하는 자는 행복하리니

잡고 싶은 따스한 빈손처럼
열고 들어가 사라지고 싶은 허공처럼
따스하고 고요하게 기다리고 있는 빈 의자를
아직도 마음에 간직하고 있는 자는 행복하리니

한가로운 풍경과 시들지 않는 미소
투명한 햇빛과 바람으로 지어진 달콤한 낮잠 같은
가난하지만 풍요로운 대접에 소홀하지 않은
빈 의자로 살아가는 자는 행복하리니

비어 있음으로 사랑의 가슴은 뛰고
비어 있음으로 기다림의 눈빛은 맑아
텅 빈 충만함으로 빛나는 빈 의자를
그 누구에게라도 선물할 수 있는 자는 행복하리니

숟가락과 국맛

숟가락은 일생을 다해도 국맛을 알지 못한다*
왜 모르냐!고 숟가락 내동댕이칠 필요는 없지
숟가락은 일생을 다해 국을 뜰 뿐이고
국맛은 다만 혓바닥의 몫이므로
숟가락은 국맛은 몰라도
혓바닥까지 국맛을 데려다 주는 뗏목
강을 건너면 뗏목은 저절로 버려지는 것

내 삶의 어리석은 숟가락들이여
너희가 아니었음
나는 오묘한 국맛을 몰랐을지니

* 숟가락이 국맛을 모르듯…… (『법구경』 중에서)

염화미소

이제는 할 말 있어도
말 못 하겠네
말이 벽이 되는 슬픔을 지나
이제는 할 말 있어도
고요한 미소로 말을 막겠네
말이 진실의 문 하나도 열지 못하는
절망을 지나, 이제는 할 말 있어도
서늘한 가슴에 묻어두겠네
세월 지나 그 사무친 말들
가슴에 연꽃으로 피어난다면
그 환하고 황홀한 순간
시들지 않는 시 한 송이
가슴 시린 그대에게 건네리니

가슴과 가슴 사이
시의 다리 위에서 나는 기다리리,
아름다운 염화미소*를

* 석가가 영취산에서 설법할 때, 말없이 연꽃을 들어 대중에게
보였더니 가섭만이 그 뜻을 알아차리고 미소지었다는 데서
비롯된 것으로, '말로 하지 않고 마음에서 마음으로 전하는
일' 을 뜻함.

염화미소, 그 다리 건너기의 꿈

이 태 수 | 시인

1

　김현옥의 시는 욕망으로 얼룩진 세속을 뛰어넘어 무
위와 동거하면서 깊은 침묵에서 태어나는 '염화미소'
에의 다리 건너기 도정과 그런 꿈꾸기에서 빚어지는 언
어다. 지중해의 깊게 푸른 물빛과도 같은 '그랑 블루' 의
세계를 추구하는 그의 시적 지향은 궁극적으로 허공이
깊숙이 끌어안고 있는 침묵과 그 말 없는 말이 잉태하는
순결하고 신성한 언어에의 꿈이며, 외로운 듯 높고 고요
한 듯 웅장하며 서늘한 듯 뜨거운 '에트나' 에 대한 동경
으로 나타나기도 한다.

　시인은 이 때문에 세속적인 욕망과 타락, 공해와 뻔뻔
함으로 얼룩진 세태를 날카롭게 비판하는가 하면, 상대
적으로는 비움과 내려놓음의 미덕을 떠받들고, 오늘의
세상이 뒤흔들어 놓은 무심과 태평(여유)의 세계를 더

듣어 마치 구도자와도 같이 먼 길 떠나기를 거듭한다. 그 가장 낮은 자리에는 어김없이 이 우주와 자연, 어머니에 대한 경건한 감사와 겸허한 예찬을 들어앉히고, 천진하고 순진무구한 마음의 그림들을 애틋하게 깔아 놓는다.

꾸밈없이 정직한 것 같으면서도 탱탱한 감각과 발랄한 감성을 안으로 다스리고 있는 그의 언어들은 마치 느린 듯 쏜살같이 가슴에 품은 푸른 열꽃들을 뿜어낼 것만 같다. 하지만 그 모든 걸 절제와 무위의 미학으로 녹이거나 감싸안아 지향하는 바의 이데아에 이르려는 발길로 이어져 안쓰럽고, 아리게 환하다.

2

김현옥은 어머니 앞에서는 영락없는 어린애다. 어머니는 꽃보다 향기롭고 천진하며 사랑스럽고 아름다워(「꽃보다」) 보이는, 어린애처럼 순진무구한 눈을 가졌다. 더구나 어머니의 은혜와 사랑 안에서 시인은 겸손하고 천진한 소녀요, 그지없는 효녀다. 시 「어머니」에 그려져 있듯이, 온몸으로, 온 가슴으로, 온 영혼으로 어머니에게 공손하게 절을 한다. 어머니는 자신을 낳아 "골수마저 대접" 하고, "지극정성으로 사랑으로 공양" 해 왔으며,

"모든 사랑 가없이 내어주며/ 천지신명께 기도"하는 '전형적인 모성'의 은혜 때문이다.

더구나 "엎드려 합장하며 온 영혼으로 절"을 하는 대상은 자신의 어머니만이 아니다. 세상의 모든 어머니를 향해서다. 그야말로 지극한 '어머니 예찬'과 '감사의 극치'가 아닐 수 없다. 이런 애틋함은 "노모는 아직도 혼자 사는 늙은(실제로 늙지는 않음) 딸에게/ 젖을 먹이신다, 아가야 배고프지?"라며 "언제라도 젖을 물릴 태세"인 어머니에게 "엄마, 이젠 제가 엄마에게 젖을 줄 차례예요"(「엄마젖」)로 빚어지기까지 한다.

> 누군가를 사랑한다는 것은
> 죽을 때까지 순정으로
> 자신의 젖을 언제라도 허기진 입에 물리는 것
>
> ──「엄마 젖」 부분

사랑은 '순정으로 자신의 젖을 물리는 것'이므로 이젠 딸이 어머니에게 젖을 주고 싶다는 건 어머니의 순정과 딸의 순정이 '하나로 포개어짐'으로, 모녀간의 '사랑'을 넘어 '참사랑'의 의미까지 되새겨보게 한다.

「초파일」이라는 시에도 "칠흑 같은 생 뒤척이던 어머니와 손잡고/ 서른아홉의 나, 어린애처럼 폴폴"댄다고 적어놓았다. 어머니는 "생의 막막한 들판에 들꽃" 같은 존재이며, "생의 연등 켜 드시고 진흙 속의 나"를 향해 되레 "네가 나의 연꽃이니 나의 진흙이 웃는" 존재로 칭송되고 있다. 그런 어머니를 향한 딸의 마음자리는 더더욱 아름답다. "다음 생에라도 나의 진흙에 내 어머니 연꽃으로 피어나면/ 나, 내 어머니 꽃잎 위에 글썽이는 순한 아침 햇살이고 싶네"라는 대목이 그 한 예다.

일상에서도 시인은 어머니 생각을 잊지 않는다. 밥을 짓기 위해 쌀을 씻으면서는 쌀과 자신을 겹쳐 들여다보면서 자연과 쌀과의 함수관계, 자신과 어머니와의 연결고리를 애틋하게 그리고 있다.

쌀을 씻으면서
한 톨의 쌀을 잉태하기 위해
퍼부어진 햇빛과 바람과 비의 사랑을
어머니 대지의 인내와 헌신을
어느 생애의 땀과 고통을
느릿느릿 점자처럼 읽는다
그 한량없는 사랑으로 익은 이 양식이
우리를 지금 여기까지 데려왔다 생각하니
물에 쓸려 빠져나간 한 톨도 귀히 여겨져
꼼꼼히 바가지 안으로 데려 온다

〈중략〉

116

쌀을 씻으면서 고요히
내 속의 황무지를 개간한다
　　　　　　　　　　── 「쌀을 씻으면서」 부분

　이 시는 한 톨의 쌀과 자신을 하나로 묶어 "햇빛과 바
람과 비의 사랑"을 받쳐 준 "어머니 대지의 인내와 헌
신", 그 "땀과 고통"을 떠올리면서 겸허한 '마음의 그
림'을 펼쳐낸다. 쌀도, 자신도 그 "사랑으로 익은 양식"
이라는 사실을 반추하며 "물에 쓸려 빠져나간 한 톨"의
쌀알까지 "꼼꼼히 바가지 안으로 데려 온"다. 이같이 쓸
려 빠져나간 한 톨의 쌀까지 귀하게 여긴다는 건 어머니
의 인내와 헌신, 땀과 고통의 소중함에 대한 마음 떠올
리기에 다름 아닐 것이다. 따라서 어머니를 향한 "내 속
의 황무지를 개간"하려는 다짐도 당연한 귀결로 보이게
한다.
　이 같은 효성은 삶에 시달리면서도 어머니를 "내 마음
의 우물에/ 드리워진 당신의 초록빛 두레박!"(「(당신!)」)
이라고 떠받들게 할 뿐 아니라 다음과 같은 예찬으로 이
어지게 한다.

　당신의 두레박으로 길러진
　푸릇푸릇 넘쳐흐르는 사랑

내 마음의 갈라터진 입술로

파랑파랑 스며들어

말〔言〕 이파리 한 잎 피어나네

— 「당신!」 부분

이 감사의 예찬 속에는 시인이 지향하고 추구하는 '최상의 말' 인 '시' 를 잉태하게 하는 동인과 동력 역시 어머니의 사랑이라는 사실도 내포돼 있다.

3

시인의 삶에는 '꽃' 과 '음악' 이 각별한 의미를 지닌다. 그것들이 삶을 영위하게 하는 중요한 활력으로 자리매김하고 있다. "삶이란 꽃에서 꽃으로 가는 길인데도/ 맹목의 욕망이 꽃을 놓쳐 버렸는지도 몰라"(「꽃!」)라는 구절에서 보듯, '꽃에서 꽃으로 가는 길' 이 삶의 이상적인 모습인데, 사람들의 '맹목' 과 '욕망' 이 그 '꽃' 을 놓쳐버리고 있다는 것이다. 시인은 이 같은 자성과 함께 사람들을 향해서도 "바쁘디바쁜 욕망의 바퀴들/ 어쩌면 저마다의 가슴 속에 피어난 꽃들조차/ 그 바퀴에 치여 뭉개져 버렸을지도 몰라"(같은 시)라며, 비워냄과 내려놓음의 여유가 얼마나 소중한가도 내비친다.

　다른 시 「꽃」에서도 화자는 '나'와는 다르게 '꽃'은 "웃음도 꿈도 울음도 아닌/ 화사한 무심의 얼굴"이며, 사람들의 "제멋대로의 눈"이 그 꽃을 보면서도 자신을 읽기 때문에 그 "아름다운 무심"을 읽지 못한다고 일깨운다. 이어 시인은 그 꽃의 말을 새겨듣고 그 말을 전하는 데까지 나아간다.

꽃이 말했다,
나는 언제나 열려 있었지만
네 마음 닫혀 있어
너는 언제나 어둠 속의 씨앗
너는 여전히 불행
너는 여전히 고통

꽃이 말했다,
저마다의 십자가만큼
건너야 할 불행의 강
넘어야 할 고통의 산
기꺼이 건너고 넘으며
네 마음 환하게 열지 않는다면
너는 언제나 어둠 속 제자리걸음

─ 「꽃이 말했다,」 전문

더 풀어볼 필요도 없이 이 시는 삶의 진정한 의미를 깨닫지 못하고 살아가는 사람들에 대한 경고 메시지에 다름 아닐 것이다.

시인은 음악과의 어우러짐, 그 무늬와 빛깔들이 곧 삶의 모습이라는 시각을 보여준다. '나' 와 '음악' 은 마치 맞물린 톱니바퀴 같고, 동전의 앞뒷면과도 같이 한 몸이라는 인식의 소산이 아닐는지. '나' 와 '음악' 의 어우러짐은 밝음과 어둠, 빛과 그늘을 동시에 거느리는가 하면, 화음을 내기도 하고 불협화음을 빚기도 한다.

어떤 음악은 내 속에 들어와 떠날 줄 모르고
어떤 음악은 내 밖에서 머뭇대고
어떤 음악은 아예 내 곁으로 오지 않는다
어떤 음악은 애인처럼 잠드는 순간까지 듣고
어떤 음악은 잊혀졌다 문득 생각나면 듣고
어떤 음악은 우연히 거리에서 스치듯 듣고 잊어버린다
어떤 음악은 기억의 물감을 풀어 아름다운 그림을 그리고
어떤 음악은 마음의 빛바랜 사진들을 들춰보게 하고
어떤 음악은 가슴의 수화기를 내리게 한다
어떤 음악은 마음으로 듣고 어떤 음악은 온몸으로 듣고
어떤 음악은 귀로만 듣는다 어떤 음악은 햇빛이고
어떤 음악은 소낙비고 어떤 음악은 바람이다

어떤 음악은 내 속으로 흘러와 그리운 길이 되고
꿈꾸는 산이 되고 건널 수 없는 강이 된다
어떤 음악은 내 밖으로 흘러가 기도하는 나무가 되고
침묵하는 섬이 되고 떠도는 구름이 된다

어느 순간, 내가 음악이 되는 때가 있다
그때 나는 그대에게 나를 들려주고 싶어진다
— 「음악」 전문

그럴 것이다. '나'와 '음악'이 조화를 이루어 '나'가 곧 '음악'이 될 때 '그대'에게 들려줄 수 있게 될 것이다. 그렇다면 그 음악을 '잘 빚어진 시'로 바꿔 읽는다면 무리일까. 시인이 각별히 떠받드는 '꽃'과 '음악'의 어우러짐이 그런 '시'로 읽힌다면 이 또한 무리일까. 시인이 「그는 시의 요리사」라는 시에서

그는 조물조물 꽃과 미소와 햇살을 버무려
신기한 무공해 반찬을 만들고
상처와 슬픔을 씻어 사랑을 안쳐 밥을 하고
배반과 치욕을 진실의 소스로 지지고 볶아
화끈한 덮밥소스를 만들고
노래와 춤과 합창을 버무려 샐러드를 만든다
디저트로 침묵차가 나온다

풀코스를 대접하는 그의 손은 따스하고 날렵하다
삶의 자판기 위에서 시를 요리하는
정답고 환한 마음의 손가락들

—「그는 시의 요리사」 부분

이라고 아름답게 노래하고 있어 떠올려본 생각이다. "세상이 둥근 밥상이 되는 날을 꿈꾸며/ 그는 마음 고픈 자들을 시의 밥상으로 초대한다"는 구절은 바로 자신의 지향을 말해 주는 것으로 읽히기도 한다.

시에 대한 생각도 이와 궤를 같이한다. 시인이 선호하는 '시의 요리사'가 '무공해'와 '진실'과 '침묵'을 중시하듯 '야생의 가슴에서 피어나는 들꽃'을 중시하고 소중하게 여긴다. 그래서 「작시법作詩法」도 "법 없이 살 수 있"고, 마그마처럼 "푸른 가슴 속에서/ 숨길 수 없는 열꽃들이 폭발"하는 데 뿌리를 두고 있는 게 아닐까.

4

2부의 작품들이 대체로 그렇듯, 시인은 요즘 세상이나 세태를 곱게 보지는 않는다. "천사로는 명함도 못 내밀지/ 이곳에서 명함을 건네려면/ 아주 진한 화장으로 널 지워야 해"(「타락천사」)라거나 "타락이 네 인생의 밑천"

이라는 구절에서 읽게 되듯, 세태는 타락으로 치닫고 있
으며, 세상도

> 펄펄 살아, 익혀지기 싫은 삶들을
> 마구마구 고아서 먹는 세상의 거대한 입
> 싱싱한 날것들의 무서운 블랙홀
>
> —「블랙홀」 부분

로 묘사되기 때문이다. 그런가 하면 "진짜 뻔뻔한 A는
자신의 뻔뻔함은 당연한 것이고/ 온갖 뻔뻔함들 다 까
발리면서도 자신은 거기에서 제외"(「뻔뻔한」)하는 사람
들에 날카로운 비판의 화살을 날린다.

> 뻔뻔하고 뻔뻔한 레퍼토리들이
> 뻔뻔하게 활개치는, 그리하여
> 뻔뻔해야만 뻔적이는 훈장 달 수 있는
> 뻔뻔하고 뻔뻔한 이 시대의 사교 주점에서
> 뻔뻔한 소문들을 지글지글 구워 안주삼아
> A와 B와 C가 술잔을 돌린다
>
> —「뻔뻔한」 부분

시인이 극단적으로는 삶의 터전인 도시가 무인도라고
규정하는 것도 이같이 '뻔뻔한' 세태와 맥을 같이한다

고 볼 수 있다.

네 가슴에 가 닿고 싶어
스마트폰을 열지만
스마트하지 못한 스마트폰 속에는
가슴이 저장되어 있지 않다
아무리 스마트폰 속 길을 가 보아도 무인도는
한창 북적여야 하는 저녁시간에
환하게 불 켜진 텅 빈 식당 안처럼
밖이나 내다보고 있는 주인장의 눈빛처럼
황량하고 쓸쓸하다

무인도와 무인도가 만나
차마시고밥먹고술마시고영화를봐도
서로에게 이르는 뱃길은 오리무중
— 「도시의 무인도」 부분

이 같은 안타까움은, 자연과는 달리, 이 시대는 "태평
스럽지 못한 마음/ 태평스럽지 못한 욕망" 뿐인, "태평이
그립지만/ 태평은 간곳 없는" 시대(「참 이상한 시대」)로 보
이는 데서 비롯된다. 그런 세상의 모습은 연민으로 바라
보게 한다. 공원에서 화투 치는 할머니들의 십 원짜리
동전이 노잣돈으로 보이고(「늙고 지루한 세월」), 사는 게 개

124

떡 같다(「공원산책」)는 말에 귀 기울인다. 무료로 끼니를
때우기 위해 "그저 기다리는데 익숙한 주름살들은 미
동도 없"(「세상에서 가장 쓸쓸한 줄」)는 행렬에 마음을 끼얹
고, 휠체어에 앉아 '뺑과자'를 파는 장애인을 보며 가슴
에 구멍이 뚫리기도(「뼈어엉!」) 한다.

5

3부의 작품들은 여행이나 세상 돌아보기 느낌들의 기
록들이라 할 수 있다. 이탈리아의 시실리에 자리 잡은
활화산을 만나서는 "너무 높아서 외로운/ 너무 웅장해
서 고요한/ 너무 뜨거워서 서늘한// 에트나"라며, "너의
속 깊은 노래는/ 오로지 침묵으로만 들을 수 있는가"
(「에트나」)라고 감탄한다. 특히 여기서 높음과 외로움, 웅
장과 고요, 뜨거움과 서늘함이 결국은 하나라는 깨달음
을 떠올린다. 더욱이 "살아온 길들을 지우며 떠난 길"에
서 마주친 지중해의 물빛 '그랑 블루'를 "너는 나의 최
후의 집"(「그랑 블루」)이라는 '느낌'은 길을 떠나 얻은 소
중한 깨달음이 아닐 수 없다.

　오랜 미망의 길들이 사라지자
　문득, 너는 한 번도 본 적 없는 깊고 푸른 사랑

너는 언제나 그곳에서 나를 기다려 왔었네
햇빛이 순결한 네 몸의 건반을 누르면 너는
푸른 풍금소리로 늙은 내 지느러미 어루만졌네

〈중략〉

그랑 블루, 나는 네 속에서 잠들겠네
갓 피어난 분꽃 같은 입술로
너의 깊고 푸른 이마에 굿 나잇 키스를 하고
　　　　　　　　　　── 「그랑 블루」 부분

라는 데 이르면 더욱 그러하다. "나무의 절반은 하늘을
숭배하고/ 나무의 절반은 땅을 숭배하고/ 그래도 나무
의 유일신은 우주/ 우주는 언제나 나무의 든든한 빽//
나무가 되고 싶다/ 숲으로 우거진 세상 속으로 건너가고
싶다"(「나무」)는 대목은 감동적이다.
　김현옥은 교직을 20년 만에 과감하게 그만두고, 오로
지 시와 더불어 살아가는 시인이다. 시 「모놀로그 1」에
는 그 의도와 각오가 얼마간 개진돼 있다.

이젠 천진한 아이처럼 성냥 켜대며 불놀이나 즐길 테야
누가 안부 물으면 별 볼일 없어도 잘 놀고 있다며 킬킬
대야지

빈둥거리며 인생 낭비한다 내게 뭐라 그래도
난 그냥 하하 용서해줘! 하하거릴 거야
어린 풀꽃이나 새싹에게로 놀러가서
여하히 피어나는 생명의 밀어에 마음 기울일 거야
버려진 가슴속 정원도 다시 깨워 꽃씨를 뿌릴 거야
나무나 바람과 함께 신나게 춤도 춰야지
멀리 날아가는 새들에겐 나뭇잎처럼 손 흔들어주고
강으로 나가 너에게 닿는 시의 종이배를 띄울 거야
거창한 인생의 탑 따윈 꿈꾸지 않을 테야
내게 당도한 소박한 아침이란 선물 기적처럼 받아들고
어린아이처럼 통통 뛰며 기뻐할 거야

— 「모놀로그 1」 부분

천진한 어린애와도 같이 통통 뛰는 어법을 보이지만, 그 무게와 용단이 예사롭지 않으며, 삶에 대한 나름의 철학도 완강하다. 이 같은 삶에 대한 기대감은 「모놀로그 2」에 드러나 있듯이, 자신의 삶이 "간절히 읽어주길 바라는 책"에 비유되는가 하면, 그 "깊은 행간의 뜻까지 읽어"주기를 곡진하게 소망하기에 이른다. 더구나 그 '무위'와의 동행은 "어둠 속 여러 갈래 생각의 길 위로/ 교통 체증에 시달리는 마음의 차들"(「명상 입문」)과 마주칠 때도 없지 않겠지만, "적막이 와도 도망가지 않는다/ 배반이 와도 화해하고 악수한다/ 절망이 와도 비탄의

벽을 쳐대진 않는다”(「무위와의 동거」)는 완강한 결의로
무장돼 있다.

6

　4부의 작품들은 희화적인 빛깔을 띠는 경우도 있고,
장난스러울 정도로 “우하하하푸하하하캬하하하우헤헤
헤/ 킬킬킬킬우히히히깔깔깔깔아하하하”(「웃음피리」)와
같은 웃음보따리를 풀어놓기도 하지만, 그 ‘웃음피리’
의 메아리는 허무와 무위를 뛰어넘어 궁극적으로는 “둥
글게 세상으로 퍼져나가”(같은 시)고자 하는 염원에 연결
고리를 떼지 않고 있는 것으로 읽힌다. 이런 한바탕 웃
음 뒤에 시인은 곧바로 ‘자기성찰의 깊이’에 가닿는다.
　「바보」 연작에서 시인은 스스로를 “별 볼일 없는 변방
의 토굴”에 있으며, “세상의 중심으로 헤엄쳐가 본 적
없”(「바보의 상책」)는 ‘바보’라고 ‘자기비하’를 한다. 그
러나 “별별 일로 북적대는 세상의 중심이란 곳에도 별
이 뜰까?/ 아니면 별이 돌멩이처럼 숱한 발에 채일까?”
(같은 시)라는 물음이 암시하듯이, 그 ‘바보’는 세속과는
일정한 거리를 두면서 욕망으로부터 자유로운, ‘은자’
가 아닌 ‘구도자’임을 내비친다. 게다가 세속에는 ‘별’
이 안 보이거나 보인다고 하더라도 버림받은 모습일 수

있다는 뉘앙스를 풍기고 있어 이를 뒷받침한다.

그뿐 아니다. 시인은 가까이에서 본 세상 사람들을 "습관처럼 욕망의 손잡이에 매달려 덜컹거리는/ 맹목적이고 질긴 손들"(「바보의 버스여행」)이라고 꼬집는다. 한가하면 불안해하면서도 "헉! 헉! 바빠 죽겠다, 아우성"인 사람들을 "스스로 친 그물 속에서 퍼덕퍼덕퍼덕대며/ 우우 그물 밖으로 나가고 싶다, 아우성"이라고 보고 있다. "바빠 죽겠으면 안 바쁘면 살겠네?"(「바보의 궁금증」)라는 비판의 화살을 날리는 건 당연지사다. 또한 화자는 그 "그물 밖에 앉아/ 허공이나 쳐다보"는 아웃사이더이면서, 다른 한편으로 그런 세상 사람들의 삶에 대해 부정적 시각만 보이는 건 아니다. 아마도 자신의 삶 역시 허공이나 쳐다보는 '멍한 데' 서 완전히 자유롭지는 않기 때문일는지도 모른다.

멍하니 있으려니
배가 고팠다
술을 마셨다

멍하니 있으려니
시가 고팠다
꽃에게 말을 걸었다

멍하니 있으려니
아침과 밤이 정답게 시소를 탔다
구차한 나이를 먹어갔다

멍하니 있으려니
문 밖에서 멍!멍!멍!멍! 개가 짖었다
잠든 시를 깨웠다

멍하니 있으려다
혹시 가슴에 멍이 들었나?
가슴을 열어 본다
아니 허공, 너였니?

─ 「허공」 전문

‘멍하다’와 ‘허공’을 짝지우면서 세속적인 욕망을 비우고 지운 자신의 내면을 떠올려 보이는 이 시는 그 ‘그물 밖’에서의 일상을 가감 없이 보여준다. 부질없이 바쁘게 돌아가는 세상의 아웃사이더처럼 멍하니 있으면 배가 고프고, 시가 고프다. 그 와중에 나이를 먹게 되고, ‘문 밖에서’는 개가 짖어댄다. 그래서 술을 마시고 꽃에게 말을 걸기도 하지만, 그러는 동안 세월은 어김없이 가고, 그 멍멍함에 “멍!멍!멍!멍!” 개 짖는 소리가 “잠든 시”를 깨워 주기도 한다. 하지만 자신을 들여다보면 ‘허

공' 이 자리 잡고 있다는 인식에 이르게 되는, 끊임없이
이상적인 세계를 꿈꾸는, '시인으로서의 삶'을 드러내
보이고 있다. 그렇다면 시인이 바라보는 '허공'은 어떤
빛깔과 무늬들을 거느리고 있는가.

    허공 속으로 집 없는 바람이 지나간다
    허공 속으로 바람난 꽃잎이 지나간다
    허공 속으로 길 잃은 새가 지나간다
    허공 속으로 이름 없는 일생이 지나간다

    〈중략〉

    허공 속으로 진눈깨비의 속울음이 지나간다
    허공 속으로 햇빛의 폭소가 지나간다
    울고 웃으며 삶이란 제목의 모든 드라마가 지나간다
    지나가며 우리를 허공 속으로 끌어당긴다

    지나갈 것 다 지나가고 나면
    자비로운 허공이 색을 낳을까?

    색의 얼굴로 나,
    허공의 노래 부를 수 있을까?
                     — 「허공 속으로」 부분

시인은 허공을 바라보는, 또는 그 속으로 빠져드는, 삶을 그대로 받아들이려 한다. 그것도 "그냥 빈 귀 하나로", "그냥 텅 빈 미소로", 심지어는 "미래와의 약속/ 그냥 허공 한 접시로/ 세월의 식사를 대접하겠네"(「허공 한 접시」)라는 자세다. '허공 한 접시'라는 말이 끌어안고 있듯, 그 깊은 허무의 세계를 마치 음식처럼 먹고 있을 뿐 아니라 타인을 향해서도 그런 세월 속의 삶을 '대접'하려 한다.

그렇다. 시인은 어떤 "강요나 책망 혹은 작심의 화학비료는 사양"하는, 그야말로 "태평농법으로 나날을 재배하는 바보"(「바보의 태평농법」)처럼 살아간다. 유기농을 통해 "어쩌다 얼어걸리는 건강한 무공해 맛은 귀"하다는, 되레 세상 사람들을 바보로 바라보는, 현명한 바보가 진짜 바보를 향해 그런 농법을 일깨우는, 그런 삶을 지향하며 꿈꾼다. 시인이 육식에 대해 강한 거부감을 보이는 것도 같은 맥락으로 읽힌다.

가령, 피 뚝뚝 떨어지는 시뻘건 욕망의 살점들
호호호 웃는 듯해도 칼을 갈고 있는 가면의 두루치기
치기경쟁우월감거짓뭐가뭔지 두루두루 넣은 부대찌개
식욕 안 당기는데 어쩌겠나
　　　　　　　　　　　　　　— 「유기농 채식」 부분

이 시의 화자는 살코기를 "피 뚝뚝 떨어지는 시뻘건 욕망의 살점들"이라고 여긴다. 그것으로 만든 부대찌개는 "칼을 갈고 있는 가면의 두루치기"이며, 그 속엔 경쟁, 우월감, 거짓 등 욕망 덩어리들이 뒤얽혀 있고, 그런 욕망들로 가득 찬 사람들의 식욕을 당기는 것으로 그려진다. 그런가 하면, 「바보의 메시지」에서는 완강한 부정의 뉘앙스를 거느리는 "절대로!"라는 말의 "무서운 화살을 쏘아대는" 세상 사람들의 '용기'를 부러워할 때도 없지는 않지만, 막상 자신도 그 화살을 날려보면 무섭기는 마찬가지일 뿐이라는 건 무얼 말하는가.

비움과 내려놓음의 미덕, 겸허한 마음자리가 역시 상책이라는 말을 안으로 묻히고 있다. 그래서 화자는 담백한 채소류에 식욕이 당기고, 살아가는 방식도 "그냥 마음 가는 대로/ 삶의 사소한 그물코/ 섬세하게 뜨개질하"(「그냥,」)게 되는 게 아닐는지. 그럼에도 시 「느릿느릿, 그러나 쏜살같이」가 말하듯이 느릿한 듯 쏜살같이, 시 「빈 의자」가 적시하는 바 '행복론'을 향해 가고 있는 마음의 행로를 가히 황홀하게 바라보지 않을 수 없다.

『법구경』의 "숟가락은 일생을 다해도 국맛을 알지 못한다."는 구절에서 마주친 깨달음을 그 특유의 어법으로 풀어낸 「숟가락과 국맛」에서도 읽을 수 있듯이, 시인이 '국맛', 그것도 이제야 그 '오묘한 국맛'을 알게 해

준 '어리석은 숟가락들' 에 감사하는 겸허한 마음을 떠올
리는 것도 '느릿느릿, 그러나 쏜살같이' 와 결코 무관해
보이지 않는다.

오랜 세월 동안의 무수한 숟가락질을 통해, 그 '어리
석은 숟가락들' 을 매개로 마침내 다다른 김현옥의 언어
(존재의 집)는 그윽하고 깊고 환하게 다가온다. 그 '존
재의 집(시)' 은 "말이 벽이 되는 슬픔"과 "말이 진실의
문 하나도 열지 못하는/ 절망"을 뛰어넘은 터전에 세워
지고 있으며, 사무치도록 말하지 않은 말들이 "가슴에
연꽃으로 피어"나기를 열망하는 침묵의 깊이에 자리매
김을 한다. 더구나 그 침묵에서 태어나는 말들이 곧 김
현옥이 궁극적으로 지향하는 '염화미소' 에의 다리 건너
기이고, 시의 길이기도 할 것이다. 시를 향한 구도에의
길 나서기와 그 기다림을 노래하고 있는, 이 시집의 마
지막 시를 되풀이해 읽어본다.

이제는 할 말 있어도
말 못 하겠네
말이 벽이 되는 슬픔을 지나
이제는 할 말 있어도
고요한 미소로 말을 막겠네
말이 진실의 문 하나도 열지 못하는
절망을 지나, 이제는 할 말 있어도

서늘한 가슴에 묻어두겠네
세월 지나 그 사무친 말들
가슴에 연꽃으로 피어난다면
그 환하고 황홀한 순간
시들지 않는 시 한 송이
가슴 시린 그대에게 건네리니

가슴과 가슴 사이
시의 다리 위에서 나는 기다리리,
아름다운 염화미소를

—「염화미소」 전문

김현옥 시인
1963년 경북 영덕 출생.
경북대학교 영어영문학과, 동 대학원 졸업.
1994년 영남일보 신춘문예, 1997년 매일신문 신춘문예 당선.
'시 · 열림' 동인.
시집 『언더그라운드』(2008),『니르바나 카페』(2010)
이메일: delight1963@hanmail.net

그랑 블루
김현옥 시집

초판 1쇄 발행일   2013년 7월 10일

지은이 · 김현옥
펴낸이 · 김종해
펴낸곳 · 문학세계사

주소 · 서울시 마포구 신수로 59-1(121-110)
대표전화 · 702-1800   팩시밀리 · 702-0084
이메일 · mail@msp21.co.kr
홈페이지 · www.msp21.co.kr(문학세계사)
www.seein.co.kr(계간 시인세계)
트위터 · @munse_books
출판등록 · 제21-108호(1979.5.16)

값 8,000원
ISBN 978-89-7075-567-0   03810
ⓒ 김현옥, 2013